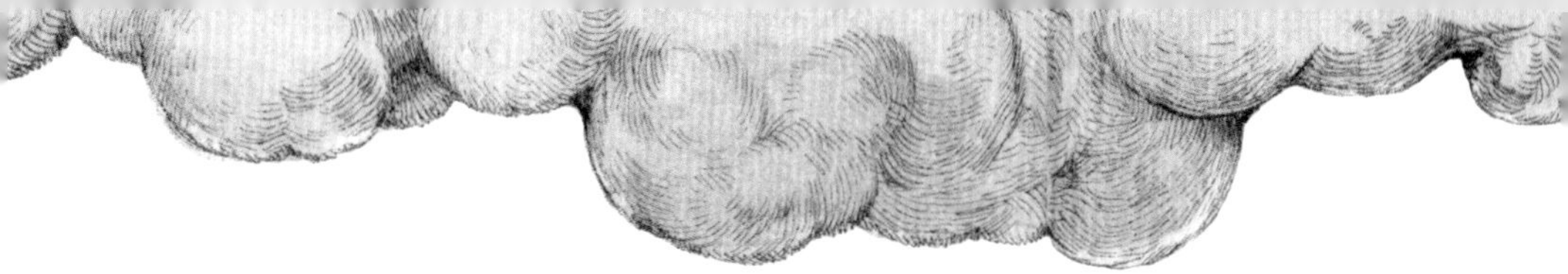

絵草紙　波風露草玉手箱

文◉日和聡子　絵◉ヒグチユウコ

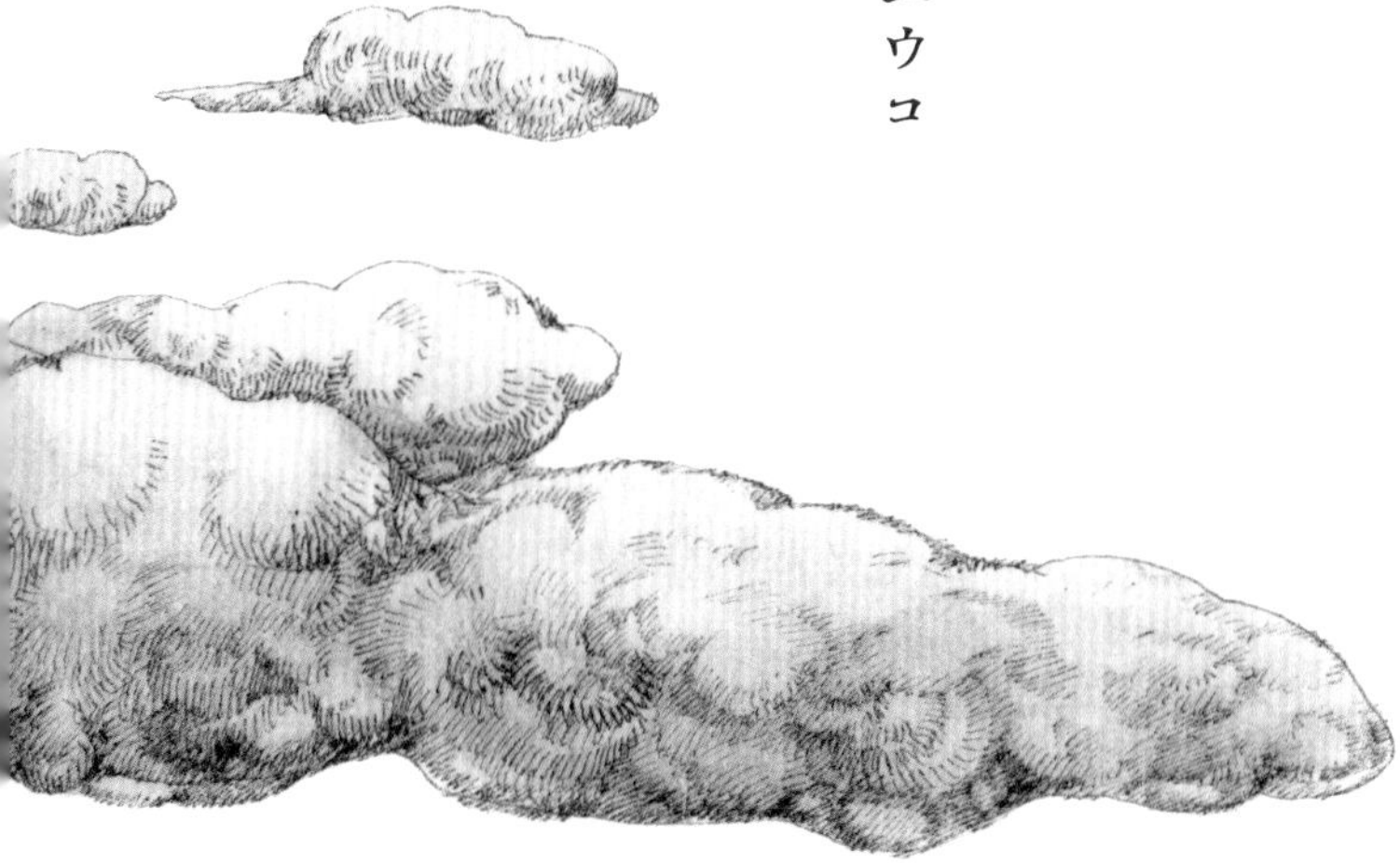

目次

装画　ヒグチユウコ

装丁　名久井直子

底本　「うらしま」
『〔現代版〕絵本 御伽草子 うらしま』
（二〇一五年、講談社）を増補改訂
「蓬莱記」　書き下ろし

うらしま

あの晩

兄は何も持たずに浦《うら》の方《かた》から帰ってきた。朝から漁に出ていたはずだったのに、一匹の魚も貝も海松布《みるめ》も家へ持っては帰らなかった。朝には持って出ていったはずの大事な漁具《ぎょぐ》も、ひとつも持ち帰っていなかった。

——どうしたの？

——沖で亀《かめ》を釣《つ》り上げた。

暗い火を灯《とも》した土間に立ちすくんで、そう言ったときの兄の顔つきは、青白くぼうとかすんで、心ここにあらずといったふうだった。しかし、普段からそんなところのまったくない人ではなかったから、わたしはそれを、それほど大きな変調だとは思わなかった。

——それで？

——海へ帰した。

上がり框《かまち》に腰を下ろし、履物《はきもの》を脱いで足を拭きながら、なおも兄は、ぼんやりしていた。わたしは、兄が何の獲物《えもの》も持ち帰らなかったことにがっかりして、しばし呆然《ぼうぜん》としてしまった。

——ほかには何も獲《と》れなかったの？

——みな海へ帰したよ。

兄は、釣り上げた亀を海へ帰したあと、それまでに幾《いく》らか釣り上げていた魚や拾った貝も刈《か》った海松布も、みな海へ帰してしまったのだと、声の調子も変えずに言った。亀だけを特別に逃がすわけにはいかない。ごく当たり前のことをしたまでだとでも言うように。

夕餉《ゆうげ》には、塩漬けにしていた魚の切れ端と、干した海松布の汁をみなで分け合い黙って食べた。父も母も、兄にはとくに何も言わなかった。漁にはそういう日ももちろんある。それは家じゅうの誰もがわかっていたことだった。それにしても、その晩の兄の言動には、諒解《りょうかい》しがたいものがあった。けれども兄には兄の考えがあってのことだろうと受けとめて、わたしは片付けをすると、早早に寝床へ入って目を閉じた。

翌朝は、早くから晴れてまぶしかった。

朝餉《あさげ》のあと、兄は納屋《なや》から引っ張り出してきたのか、見慣れぬ古い釣り竿《ざお》を一本手にして家を出ていった。いつもなら、兄が何の道具を持って出かけるのかなど気にもとめないでいたのに、その朝ばかりは、たまたまそうして兄が出て行くのを見送った。

火灯し頃になっても、すっかり夜が更けてからも、兄は帰ってこなかった。

わたしたちは、村の人にも頼んで、それからくる日もくる日も、浦という浦、磯《いそ》という磯を隈《くま》なく探して歩きまわった。幾日もかけて、隣村や沖の方までも、行けるところにはどこまでも手と足をのばしてみたけれど、どれだけ尋《たず》ねまわっても、兄はどこにも見つからなかった。人気のない磯辺には、兄がそれまで使っていた釣り竿と魚籠《びく》、あの日持って出ていった古い釣り竿や、いつも使っていたらしい投網《とあみ》を載せた釣り舟だけが

残されていた。兄は、それらだけを残して忽然《こつぜん》と姿を消した。ほかには何の痕跡《こんせき》も手掛かりもなかった。

父母とわたしだけになった家は、以前にも増して静まりかえる日が多くなった。父も母も、もとより少なかった口数が、あの日を境にしてめっきり減り、ついには愚痴《ぐち》もこぼさなくなった。そうして家のなかに降り積もっていった沈黙が、もろい屋根壁や床を内からぎうぎう押して、今にもそれらを破かんばかりになった。そういうとき、わたしは急いで窓や戸口を開けるのだったが、沈黙を外へ逃すかわりに、冷たい雨風が容赦なく吹き込んできて、家のなかを一層冷え込ませてしまうのだった。兄さえ戻ってきてくれたら、とわたしは考えずにはいられなかった。兄がお嫁さんをもらって、子どもが生まれて、狭い家が一段と狭くにぎやかになって……。一日でも早くそうなって、わたしがここを出て行くことになればいい。その心積もりはとうからしていたのに、肝心《かんじん》の兄は、帰ってくる兆《きざ》しさえ見せなかった。父母の嘆《なげ》き悲しむ姿は、そばで見ていられないほどだった。わたしたちは息をひそめるようにして、今にも頽《くずお》れそうな海辺の苫屋《とまや》で、晴れの日も雨風や雪の日も、その日その日を暮らしていた。

しばらくのときが経《た》ったある日のこと、その朝は、兄が浦の方へ出て行ったまま帰らなかった日のように、早くからまぶしい日差しが降り注いでいた。わたしは目覚めるとすぐに畑へ出て、作物の種を蒔《ま》くつもりでひと通り土を耕すと、畝《うね》までつくったところで道具を置いたまま一度家へ帰り、母がこしらえてくれた朝餉をしたためてから、ふたたび畑へ出て続きに取りかかった。

種を蒔き、草を抜き、また家へ帰って中食《ちゅうじき》を摂《と》ったあと、今度は森へ行って草木の実や茸《きのこ》を採ってくると父母に告げて、家を出た。

——日が暮れる前には帰ります。

そう言い残してきたのだったが、わたしは森とは反対の方へ向かっていた。その日の朝方に見た夢が、どうしても気にかかるからであった。

夢で見たのは、兄がいなくなった磯辺の光景だった。岩場にぶつかっては砕《くだ》けてゆく満ち潮の飛沫《しぶき》を浴びながら、一匹の亀が、あたりを見まわし逍遥《しょうよう》していた。少しはなれた岩の陰《かげ》からその様子を眺めているうちに、それはあのとき兄が釣り上げて海へ帰したという亀なのではないかとふと思い、にわかに確信へと変わっていった。その亀は兄について何かを知っていて、それを伝えようとして磯をさまよっているのではないか。もしくは、それは兄自身の化身のようなものであり、やはり何らかのことを伝えようとして、ここへやってきているのではないか、そう感じている夢だった。

あまりに生生しかったその夢を、わたしは目を覚ましたあとも繰り返しありありと脳《のう》裏《り》によみがえらせていた。畑仕事に精を出しながらも、これが夢の知らせなのかどうかを確かめに行かなくてはならない、そう考えていた。実際はどうであれ、とにかく磯へ行ってみなければならないと。

ただ、ひとつだけ気になることがあった。父母はあの日以来、兄の代わりにわたしが海に潜《もぐ》って貝や魚や海藻を獲ってくるのをひどく厭《いや》がるようになっていた。やがてわたしが浦の方へ兄を探しに行くことにすら、難色《なんしょく》を示すようになっていた。だからわたしは長く海には近づかないようにしてきたのだったが、このまま海を避けてばかりいることはできない。どこへ行こうと、無事に帰ってきさえすれば、父母にそむくことにはならないのだ。そう自分に言いきかせて、わたしは誰にも見られぬようにして、浦の方へ向かった。

ひさしぶりに訪れた磯辺には、以前と変わらず強い潮風が吹き渡っていた。とはいえ、岩場に寄せる波は、飛沫を上げて激しく砕け散るほどではなく、またそれを浴びながら歩きまわる亀の姿も見当たらなかった。海面の高さも、夢で見たのとは違い、潮は次第に引いてゆくところだった。

かつて磯に残されていた兄の釣り舟は、その後人手に渡って、もとの場所にはもうなかった。それさえも手放さなければならないほど、わたしたちの生活は困窮《こんきゅう》していた。わたしは自給自足のための作物づくりに精を出すことよりも、そろそろ自分が海へ潜って魚や貝や海藻を獲ってくる必要があるのではないかと、ひそかに考えはじめていた。兄がこのまますぐには戻ってこないようであれば、早晩それを実行に移すことになるであろうとも。

そうしてひとり考え続けながら、わたしは磯辺をすでに何往復もしていた。何度目かに、かつて兄の舟があったあたりにさしかかったとき、岩陰の波間に、思いがけないものを見つけて立ち止まった。

それは大きな甕《かめ》だった。引き潮の波が、その太い胴部へ繰り返し、繰り返し、撫《な》でるように寄せている。

先ほど通ったときには海面下にあったものが、引き潮になってその口元から肩にかけての一部を、岩陰に覗《のぞ》かせつつあるようだった。全貌《ぜんぼう》はまだ見えないが、口の広がりや肩の張り方からも、その甕はかなりの大きさがあるものとうかがわれた。

わたしは険しい岩場を注意深く歩きすすめ、岩陰の窪《くぼ》にちょうど挟まるようにして潜《ひそ》む甕のそばへ近づいていった。

甕にはその縁いっぱいに潮が満ちていた。引き潮によってあらわになった岩場の小さな窪には水が溜《た》まり、ごつごつした岩肌も、まだ濡れたままで濃い色を残していた。こんなものがいつからここにあったのだろう。わたしはおそるおそる岩場に膝をつき、両手で這《は》いつくばって踏ん張り、波間にあらわれた甕を覗き込もうとした。

そのころになると、海はふたたび満ちようとしはじめていた。潮風は強さと冷たさを増してきた。わたしは岩場から滑り落ちないよう慎重に、できるだけ腰を低くしながら、甕の方へ身を乗り出した。

——あッ！

甕に張った水面には、そのときはっきりと見えたものがあった。

それは、まぎれもなく兄の姿であった。

広い庭と、数え切れないくらいの広間や座敷や小部屋があり、まわりには大勢の姫君《ひめぎみ》や女房《にょうぼう》らしき人たちがうごめいている。兄は、そうした目のくらむようなきらびやかな御殿《ごてん》の一室にいた。

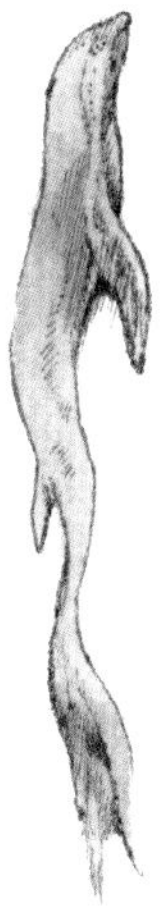

寝所であるのかどうか、間仕切りも衝立《ついたて》もない大広間の真ん中に敷かれた分厚い布団に横たわって、兄は目を閉じている。立派な寝具に包まれてこんこんと眠り続けているらしいその姿は、ぐっすり安眠しているというよりは、草臥《くたび》れきって前後不覚の眠りに落ちているようにも見受けられる。寝姿を見る限りでは、よくもわるくも以前とあまり変わりがない。精気を抜き取られたような顔色をして、次にいつ目を覚ますのか、少しも起き出す気配はない。

——何してるの……。

ひとわたり見渡したところ、御殿には兄のほかに男はひとりもいないようだった。兄はそこで、数多《あまた》の女人たちにうやうやしくかしずかれ、大事にされて、何不自由なく過ごしているのだろうか。そのようにもうかがえるが、実際のところはどうなのか。なぜ兄はそんなところにいて、そんなふうに寝ているのか。そこで何をしているのか。一体そこはどこなのか。兄は自ら望んでそこへ赴《おもむ》いたのか。だとしたらなぜ。わたしたちに黙ったまま、何のために——。何ひとつわからない。

そもそもなぜこんなところにそれが映っているのか。どういうしくみになっているのか。もっとよく見ようとしてさらに身を乗り出したとき、わたしは手足を滑らせて、真っ逆さまに甕のなかへ落ち込んだ。

どれほどのあいだであったか、ただ真っ暗な空間をくぐり抜け、広いような狭いような、どこまで続くかわからない隧道《ずいどう》を、ゆっくりと落ちていく感覚だけがあった。

それも行き着くところまで行き着いたらしく、ようやく行き止まりのような深い闇のなかでしばらくじっとしていると、やがてうっすらと目があいてきた。暗がりに目を凝《こ》らすうち、はるか前方に、ほのかな光が見えてきた。消え入ったかに思われた自分の身体が、次第によみがえってくるのが感じられた。わたしは散り散りになっていた自分を掻《か》き集めるようにして身体を起こし、その光を目標にして、力を振り絞ってすすんでいった。澄んだ光へ近づいていくにつれて、だんだんと周囲の闇が薄まってゆき、ついに光に満ちた場所に出た。

闇から光輝く場所にきて、しばらくまともに目をあけていられなかった。まぶしい光を放っているのは、海の底でなびく一枚のきらびやかな領巾《ひれ》であった。それはすぐそばにあるとわかった。

――うん……。そう、そうね……。

傍《かたわ》らで声がして、わたしは目をしばたたかせた。薄目をあけてその方を向くと、うるわしい領巾や衣を纏《まと》い、豊かに繁る海藻のような長い髪を錦《にしき》の布で覆《おお》った女が、涼し

げな砂紋《さもん》と光の紋が幾つも重なる砂底に、ひとり静かに端座《たんざ》していた。わずかに目を伏せ、口元には小さな笑みを浮かべている。片方の眉尻にほくろ。赤い唇。まぶたのまわりや、その下にふくらむ両頬は、こまかな金粉をはいたように、艶やかに光っている。

隣には、女の座高ともさほど変わらぬ大きさの甕がひとつ、砂地に深深と尻を埋めていた。黒ずんだ肌をした甕の口には、幾つもの欠けがあり、胴にはうっすらとひびが生じていた。先ほど岩陰で見た甕とよく似ている。あの甕の底がこの甕の口につながっていたのだろうか。液体が満ちているのか、空であるのか、甕の奥まではわたしの目には見えない。女は先ほどからその甕と、何やら対話を続けているようであった。ひそひそと問いかけては、女は答えを求めるように、甕の口に耳を傾けたり、なかを覗き込んだりしている。何を話しているのかは、わからなかった。

わたしは女のそばにとどまり、話しかけようかどうしようかと迷っていた。海底の波が幾度も寄せてきては、わたしの背を押し、腹を押し返す。足や尻を下から押し上げて、浮かび上がったところを肩から押し下げて沈め込もうとする。わたしはそうした力に抗《あらが》いつつ、少しずつ女のもとへと近づいていった。女はこちらには目もくれず、なおも甕ばかりを相手にしている。ときおりかすかに微笑《ほほえ》んでは、纏った領巾に手を遣《や》って、水の流れにうつくしくそよがせたりしている。

――あの。

思い切って呼びかけてみた。女が何者であるのかわからない。あちらもそのような目でこちらを見返す。いずれにせよ、このようなところでこのように過ごしているということは、ただの者ではないはずだ。きっと海に棲《す》む魔物の類《たぐい》であるのに違いない。そんなふうにも思いながら、わたしは女に問いかけた。

――こちらに漁師がきませんでしたか。これとよく似た顔をした男が。

そう言って、わたしは自分の顔を指さした。

――兄なんです。行方《ゆくえ》を探しているんです。どこかで見かけませんでしたでしょうか。どっちへ行ったか、どこにいるのか、何でもいいんです、どんなことでも。何かご存じありませんでしょうか。

わたしが重ねてそう訊《き》くと、女はやはり甕に一度耳を傾けて、それからおもむろに口をひらいた。

――わたくしは魔物なんかじゃあありませんわ。

そうしてまた、傍らの甕の肩に腕をまわし、ねえ？　とそれに向かって語りかけて、なかを覗いた。

――ええ……、ええ。なあに？　ああ、そうなの、ふうん……。

女はしばらく、わたしをまったく無視したように横を向いて、甕と対話を続けていた。そのあいだ、わたしはおとなしく待っているよりほかはなかった。もう返事をもらうことは期待できないものとあきらめかけたころ、ようやく女が向き直った。

——その方でしたらね、あの森の奥へと入って行かれたようです。

女は絶えず甕を覗き込み、耳を傾けながら、ときおり、うんうんと頷《うなず》いて、その都度こちらへ通訳するように話してきかせた。

——森の奥？

わたしは身を乗り出した。

——この先の谷の向こうに、海草や海木の繁る森が見えますでしょう？　ついさっき？　もう随分《ずいぶん》前？　さあ、いつのことだったかしらね。はっきりとはしないようですけれど——。

女はわたしの顔と、甕のなかとを見比べるようにして、交互に覗き込んで言う。わたしはにわかに訊きたいことが溢《あふ》れ出て、何から訊いてよいのかわからない。逸《はや》る気持ちを抑《おさ》え切れず、波に揺られて女の方へ引き寄せられたとき、女は、す、と片手を前に差し出し、わたしを制した。

——連れて行かれてしまったんですね。ついて行ってしまったから。

女は甕に耳を傾けて、わたしに向かってそうささやく。突き放すような、なぐさめるような、つめたいのかあたたかいのか、わからない口調で。

——どこへ連れて行かれたんですか。

——竜宮城。

——りゅうぐうじょう？

問い返すわたしに、女はなおも落ち着き払った表情で頷いた。

——どうしてそんなことがわかるんです？

——ここに、すべて、映っていますからね。

含み笑いをするのか微笑むのか、女は薄い笑みを口元に浮かべて、片腕を甕にまわして抱きかかえるようにしたまま、なかを覗き込んで、はっきり告げた。

——お疲れのようだけれど、大丈夫よ、眠っていらっしゃるだけみたい。

わたしが磯で見たのと同じような光景を、女も甕のなかに見ているのか。だとすればあれはほんとうのことだったのか。そして兄はいまだ目を覚まさないでいるのか。女がきかせる言葉に、わたしはほっとしてよいのか案ずるべきか、どうとらえてよいのかわからない。ただ甕と女を見つめるばかりだった。

——どうやら、跡《あと》取《と》りをつくらせようとしているみたいね。

甕のなかを見守りながら、女がつぶやく。

わたしはそれに、返事をすることができなかった。

跡取りを？　誰が、誰に。どうしてそんなところで。なぜよりによって兄なのだろう。ほかの男ではいけなかったのか。兄のようなお人よしでなければ、そんなところまで連れ去ることができなかったというわけか。誰が兄をそこへ連れて行ったのか。兄は誰に、何について行ってしまったのか。

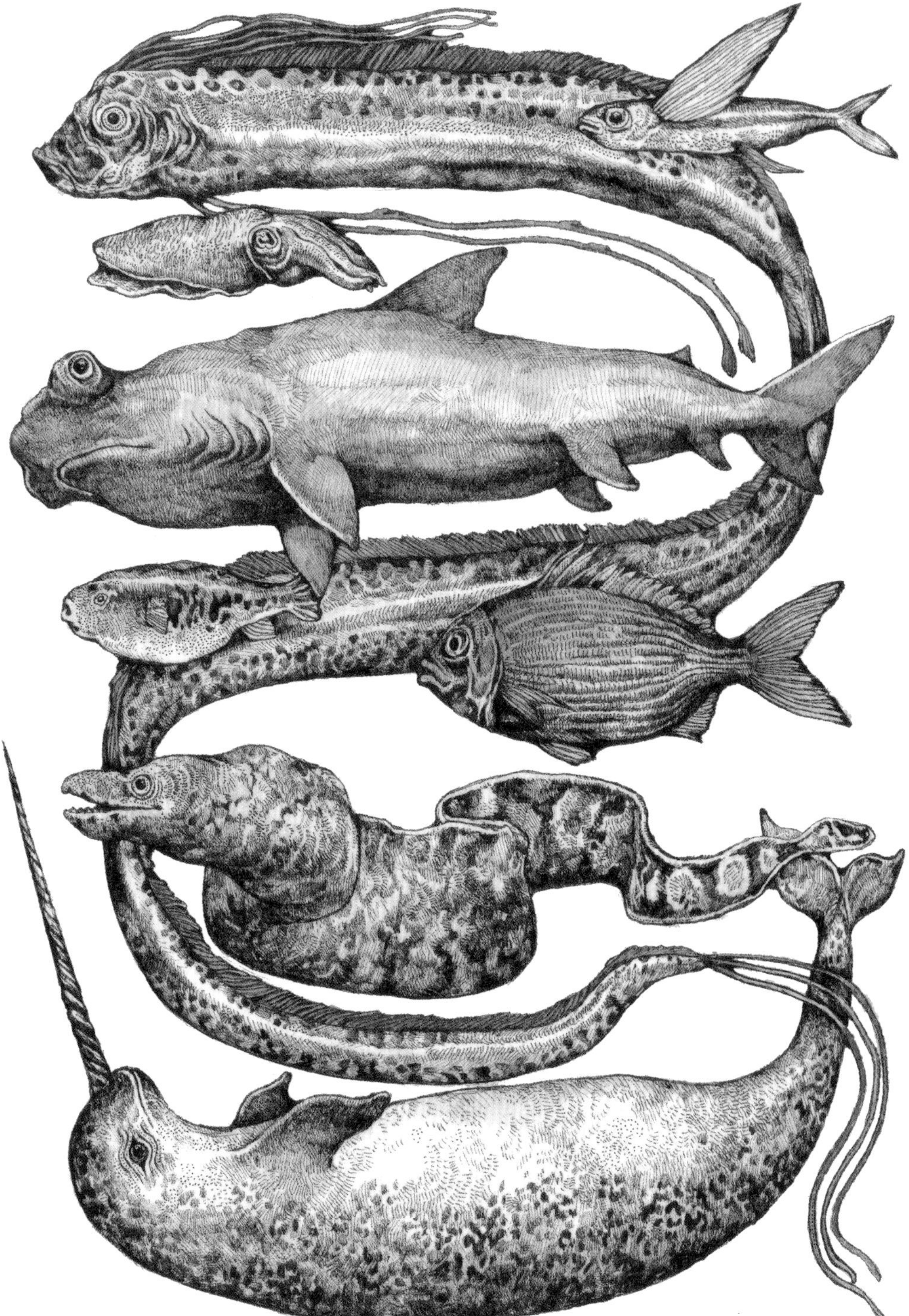

——どうやったらそこへ行けるんですか。

——あなたは行かない方がいいわ。

誰にとってそうなのか。一瞬その思いがよぎるが、女には訊《たず》ねない。そんなわたしの心のなかまでも見透かしたように、女は手をひらひらさせた。

——よかれと思ってしたことが、裏目に出ることもあるのよ。

——でも、ここまできたら、行かないわけにはいかないんです。

わたしにはもう、ここから引き返す道はなかった。女はその思いを汲《く》み取ったように、見放すような、諦めたような、気だるい声で、わたしから目を逸《そ》らして言った。

——そんなに行きたければ、そこからまっすぐ行けばいいのよ。この先は誰も文句は言わないし、誰にも文句は言えないのよ。

深い谷に架《か》かった破《や》れ橋を渡って、その向こうに広がる鬱蒼《うっそう》とした森へと近づいて行く。その奥はどこまで続いているのか、森の外からうかがい知ることはできない。先ほどの甕の女は、今もあの場所から、わたしがここでためらっているのを眺めているのだろうか。だとしたら、怖《お》じ気《け》づいて迷っている姿など見せたくはない。わたしは覚悟を決めて、海木に海草の巻きついた繁みを掻き分けて森のなかへと入っていった。

もちろん、その奥にかならず兄がいる保証などなかった。あの女が言っていたことが、ほんとうであるという確証も。それでも、ここまできてしまったら、もう戻り道もわからない。どっちが前なのか後ろなのかもさだかではないところへ、わたしはすでに入り込んでしまっていた。

絡まった草や枝を掻き分けてゆくうち、あたりにささささ……と飛び退《の》いていくものの影や気配があった。そこには自分が出す音も混ざっていただろうが、この森には無数の存在が潜みうごめいているらしかった。わたしは姿見えぬそれらに前後左右を挟まれているのか守られているのかわからないまま、道無き道を奥へとすすんだ。ときおり、足元や腕のあたりをしゅっと撫で過ぎてゆくものがあった。気味が悪く、その都度立ち止まってはいられない。一刻も早くここを通り抜けたいと願いながら、ひたすらわたしは分け入った。

——急がないと。

鬱蒼とした繁みはどこまでも続いていくわけではなかった。森に入ってからどれほどか経ったところで、それまでの険しさが嘘《うそ》のようにひらけて、あたりには整然とした敷地が広がった。

銀《しろかね》の築地《ついじ》をつき、まぶしい金《こがね》の甍《いらか》を並べ、鉄《くろがね》の門は、その扉を重重しく閉ざしている。一見してすぐ、ここがあの女の言っていた竜宮城であるのだと察せられた。ここが、あの甕の水面に映っていた兄のいる御殿であるに違いないと——。見渡す限り明るく清浄に保たれた周辺には、誰の姿も見えなかった。森の繁みで感じられたような、目には見えない気配もそこには漂っていなかった。

様子をうかがいながら門に近づくと、詰め所に門番はいなかった。大きく重そうな扉は閉まっていたものの、鍵はかかっていないらしい。わたしはゆっくりとそれを開け閉めして、自然な歩みでなかへと入っていった。

この御殿には、一体どんな人がどれほど棲んだり詰めたりしているのだろう。あまりにも広く、ここへ自分ひとりくらいがまぎれ込んだところで、誰にも気づかれたり咎《とが》められたりすることはないだろうと思ってきたが、門の内へ入ってから、まだ誰にも出会っていなかった。庭園には松が立ち並んでいた。よく手入れされているように見えたが、近づいていくと、それは生木ではなく塀に立て掛けられた書割《かきわり》だった。

ぎょっとして小走りにそこを離れると、駆けて行った先には池があり、水鳥がたくさん遊んでいた。ようやく生きものに出会ったと思って見つめると、池の水は水ではなく、彩色を施した薄板を張ったものであって、その上を泳ぐ水鳥たちもまた、木切れや草葉や貝殻などを寄せ集めたものに、乾いた海藻や蔦葛《つたかずら》を巻き付けたりかぶせたりしたものであった。池のほとりには、鶴《つる》と亀や松竹梅などを配した奇妙な造作の蓬萊台《ほうらいだい》らしきものが据えてある。それらからも離れて人気のない城内を見渡すと、あちらこちらに、そうした怪しげなものが点在していた。どこから集めたのかわからぬようなさまざまな花びらや、動物の毛や鳥の抜け羽を幾種も混ぜて丸め固めたいびつな球形のものが、道案内のようにして、城内のところどころに置かれている。わたしはそれらを避けながらすすんでいくうちに、おのずから御殿へと導かれていったのだった。

目もくらむような鮮やかな装飾や調度に満たされた、数多の女人たちが行き交う華やかな御殿――。

そんな光景を思い浮かべていたものの、いざ上がり込んでみると、そこは薄く翳《かげ》り、深閑《しんかん》としていた。女たちのさざめきがきこえるどころか、物音ひとつしなかった。絢爛《けんらん》豪華《ごうか》な設《しつら》えも雰囲気も見出せず、廊下は見渡す限りがらんどうで、あたりに誰かがいる気配すら感じられなかった。

静まりかえった御殿を、奥へ奥へとひたすらすすむ。ともすれば迷路のようにぐるぐるとめぐらされた、塵《ちり》ひとつ、曇りひとつない冷たい廊下をしずしずしずと素足にて摺《す》り足で渡り歩いてゆくうちに、どうやらいちばん端近《はしぢか》に戻ったあたりに位置しているらしい、小さな襖《ふすま》の前へ突き当たった。

そっと襖を開けてみると、なかは二畳ほどの一室であった。誰もおらず、廊下と同様、しんとしている。四方を取り囲む土壁は、ところどころが剝《は》がれ落ちて、判読できない文字や図形が幾つも刻み込まれていた。大小の落書きがなされた奥の壁に接して、きちんと畳まれた一組の粗末な布団が寄せられている。少し前まで誰かがここで寝泊まりしていた空気が残っていたが、兄が休んでいた部屋とは違うらしい。女中部屋のようにも思われるが、今は使われていないのか。ひと通り様子をうかがい、わたしはなかへしのび込んだ。一組の布団のほかには、日に灼《や》けて色褪《いろあ》せた、編み目のほつれた行李《こうり》がひとつ置いてあるばかりであった。わたしはその脇に腰をおろした。

——だあれだ。

背中に声と息がかかり、小さな手で目隠しされた。冷たい手だった。ひっ、と息をのむのと同時に、懐かしいものが込み上げた。

——兄さん？

思わずそう口にしてから、そんなはずはないと気がついた。わたしはおそるおそる振り向いた。

目隠しを解かれたわたしの目の前に立っていたのは、小さな女の子だった。四、五歳くらいであろうか。緑なす黒髪を、まっすぐ肩のあたりで切り揃《そろ》えている。その子を見て、わたしは声を上げそうになった。女の子はいぶかしげにわたしを見つめる。その怪《け》訝《げん》そうな顔つきもまた、兄にそっくりであるのだった。

——だあれなの？

女の子が、今度はわたしについて訊ねる。何と答えたらいいのだろう。言い淀《よど》んでいるうちに、女の子は襖を閉めて傍らに正座する。金魚のようにひらひらとした袖《そで》や裾《すそ》をもつ、見るからに上等そうな着物を纏っている。金襴緞子《きんらんどんす》というのはこういうもののことではないかと、わたしは見たこともない高価な織物を思い浮かべて、目の前のうるわしい子どもの姿に見とれていた。

女の子は、この御殿の娘なのだろうか。身なりや振る舞いからして、仕《つか》え人とは思われない。幼いながらも、堂堂とした、どこか主《あるじ》らしい風格を漂わせている。もしかすると、わたしを女中のひとりと思いなして、いつものように、誰彼となく戯れかかっているのだろうか。いずれにしても、いまだわたしを不審者だと怪しむそぶりはない。

——おはじきしてあそぼう。

——いいわよ。遊びましょう。

女の子は手にした巾着袋から、きれいな薄い硝子玉《ガラスだま》をざらざらと床にこぼして広げた。おはじき遊びをするのはいつ以来のことだろう。わたしはこんなめずらしい硝子玉

のおはじきで遊んだことはない。もっぱら、海辺で集めてきた細螺《きさご》の貝殻のおはじきでばかり遊んでいた。女の子は小さな手で一心に床におはじきを散らばらせる。

振る舞いや居ずまいにこそ、かつての兄にはなかった風格を滲《にじ》ませているが、ふとしたときに見せる横顔や、懸命《けんめい》に何かをしているときの伏せた目元や結んだ口元、はかなげな眉毛や鼻すじなど、どこを見ても、兄ばかりか、父や母の面差《おもざ》しとも重なり合った。この子の母親が誰であろうと構わない。このいとけない女児を見ているうちに、これは兄の肉親であるに違いないと、わたしはそう確信していた。

――父上様や母上様は、どちらにいらっしゃるの。

わたしがそれとなく訊ねると、女の子は手をとめて、きょとんとした顔つきで、こちらを見上げた。

――いかがお過ごしなのかしら。ご挨拶、させていただきたいのよ。

ゆっくり、はっきり、語りかけると、女の子は、最後に激しく首を横に振った。

――だあれもいない。

そう鋭くひとこと言って、女の子は、おはじきとおはじきの間を小指で切った。そうして、一方を弾《はじ》いて目指すもう一方へ当てると、当たったおはじきがさらに後退って、べつのおはじきにお尻をぶつけた。

――あきゃ！

女の子が、大袈裟《おおげさ》に飛びはねて、後ろへ尻餅をつくような格好をした。はしゃぐのか、悔しがるのか、どちらとも言え、どちらとも言いがたい様子を見せながら、女の子は狭い部屋のなかで、声を上げて転げまわった。女の子が騒ぐたびに、びたん、びたん、と、その声や物音が、ひっそりとした部屋の壁や天井を打って、響き渡った。

――あき、きゃっ。けひゃっ。

なだめすかそうとしてのばしたわたしの手からたくみに逃れて、女の子は、ただの一度も、わたしに自分を触らせなかった。

――だあれもいないっ！

女の子は幾度もそう叫んで、急に噤《つぐ》んだ口の先をとがらせると、今にも泣き出しそうな顔になった。それでも泣くのを我慢《がまん》して、つい先ほど床に広げたばかりのおはじきを、突然ぐしゃぐしゃっと掻き乱した。

――もういかないと。

女の子のその言葉は、自分に言いきかせるというよりも、わたしに向けて言ったもののようだった。女の子はわたしを見つめると、わずかばかり床に散らばらせたおはじきを、もみじの両手で念入りに掻き集めはじめた。そうして、おはじきをすっかり巾着袋にしまい込むと、紐《ひも》を腕に通してぶら下げ、立ち上がった。

――どこへ行くの？

――はやくかえらなきゃね。

さみしさを押しころし、毅《き》然《ぜん》としてそう告げる女の子の言葉は、今度ははっきりと、わたしに今すぐここから帰るよううながすものだと感じられた。女の子はこの広い御殿にたったひとりで棲んでいるのだろうか。兄や姫君や女房たちはどこへ行ったのだろう。それともはじめからここにはいなかったのだろうか。わたしは女の子を抱きすくめようとして手をのばした。それでもなお、女の子はこんなにも狭い部屋のなかで、最後まで身をかわして逃れ続けた。

――ここに、もうひとつあるわ。

女の子の逃げていった先に、おはじきがひと粒見つかった。布団の隅に隠れるようにして残されていたそれは、硝子玉のものではなく、細螺の貝殻だった。わたしはそれを拾い上げて差し出した。女の子はそれを受け取ろうとはしなかった。

——それ、あなたのよ。

女の子は、どこか威厳《いげん》をはらんだ声で、わたしにそう言い渡すなり、襖の引手に手をかけた。

すう、と襖がひらいて、細く開いた隙間《すきま》から、女の子が敷居を跨《また》いで廊下へ出ていった。

——ねえ！

あっという間の出来事に、わたしはたまらずその後ろ姿に呼びかけた。

——お名前は？　もう少しここにいましょうよ。もっとよくお顔を見せて！

訴えても、女の子はわたしの呼びかけに振り返らず、黒黒とした尼削《あまそ》ぎの後ろ髪を見せたまま、襖を閉めた。

華奢《きゃしゃ》な肩にかかった髪裾の、魚の尾のようにぴんとはねた女の子は、それきり見えなくなってしまった。

すぐさまあとを追って同じ襖を開けると、いきなり背後から激しい勢いで何かが強く吹き寄せてきて、わたしは部屋の外へ押し出された。

廊下へ出され、御殿を出され、門を出されて激しい風圧や水流に噴き上げられて、わたしはいつしか森を出て暗い隧道をさかのぼり、海中を押し上げられて、やがてあの強い潮風が吹きすさぶ、さびしい磯に打ち上げられていた。

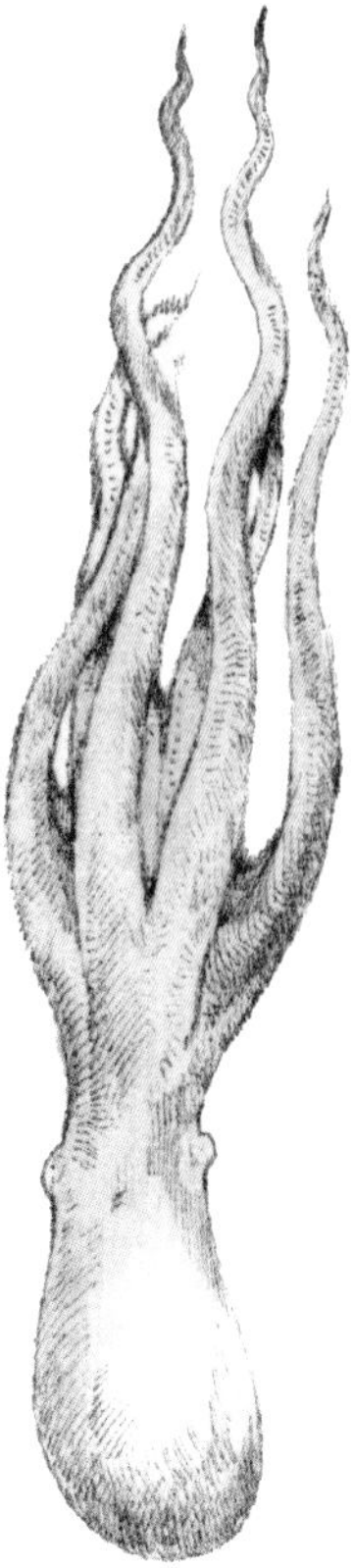

そこは、かつて兄の釣り舟が残されていたあの磯辺だった。

すでに日は落ち、あたりは薄暗くなっていた。

打ち寄せる夕波が、岩にぶつかっては粗い飛沫をわたしに浴びせかけていた。岩場に倒れたわたしの手のひらは、細螺をひとつ握っていた。それはただの貝殻ではなく、なかにその身が生きていた。

わたしは、ずぶ濡れの重たい身体を引き摺るようにして、潮の満ちてくる岩場をよじった。ようやく岸に上がって見まわすと、舟はなく、岩陰の窪に甕を見出すこともできなかった。わたしは手にした細螺をそっと袂《たもと》に入れ、髪や着物の滴《したた》りを絞って、海原を振り返った。誰がわたしをここへ帰らせてくれたのだろう。

——早く家へ帰らなければ……。

父母には日が暮れる前には帰ると言って家を出てきたのだった。帰り着くまでには、この濡れた身体をすっかり乾かしていなければ。

わたしは磯を離れ、ゆっくりと、もつれる足を急がせて、家までのなだらかな長い坂道をのぼっていった。

袂に入れた、小さな細螺の重みを感じながら——。

蓬《ほう》萊《らい》記《き》

午《ひる》。

即氏《そくし》はいつものように宮のまわりを散策していた。

宮、すなわち氏の仮の庵《いおり》は、人里離れた竹林のなかにあった。竹を組み、うるわしく編み上げられたかの棲《す》まいは、内に涼しい風を通し、常に霊妙《れいみょう》な香気《こうき》に満ちて、おのずから清浄に保たれていた。

氏は、午まえに目覚め、寝床を起き出すと、むん、とした土と草のいきれの満ちる鬱《うっ》蒼《そう》とした竹林を、独りでそぞろに歩くのを日課としていた。

昨晩は雨。小止《おや》みなく今朝方まで降り続いた。氏の頭上には無数の竹の葉が幾重《いくえ》にも重なり、青青と繁っていた。氏が見上げると、雨の粒は葉のおもてをすべり、またべつの葉と葉のあいだのわずかな隙《すき》をぬって、或《あ》るは氏の額を打ち、或るはまっすぐに地に落ちて、土に沁《し》み、また草花を濡らしていた。

日頃より、氏は人の姿をとっていたが、本来の姿は、べつのものであったともいう。蛇《へび》と蜥蜴《とかげ》と蜻蛉《とんぼ》の合わさったかたちをとることもあった。蛇身《じゃしん》に蜥蜴の足を持ち、背には蜻蛉の翅《はね》がついて、這《は》うことも、走ることも、飛ぶこともできるのであった。

ときに応じて、氏はさまざまなかたちに姿を変えた。牛、水、舟、傘……。そのようなものに化身することもあった。

しかし、そうしたかたちをとることは稀《まれ》で、午の散策の折には、人の姿のまま、自ら拵《こしら》えた竹筆と墨をおさめた矢立《やたて》を腰帯に差し、紙片を紙縒《こより》で綴《と》じた帳面を携えて、うす暗く、またうす明るくもある竹林の陰翳《いんえい》のはざまを逍遥《しょうよう》しながら、そのつど見聞きし直観したことどもを、帳面に走り書きするのが常であった。ときに立ち止まり、ときに歩きながらしたためるその文字は、揺れて走り、氏以外の者にはけっして判読すること能《あた》わざるものであった。

その午も。

即氏はいつもと同じように、自ら編んだ草履《ぞうり》を履いて、素足の指先から踝《くるぶし》までを雨露に濡らしながら、草の音をしゃりさりとさせて竹林を歩いていた。

ときおり、足元でみずみずしく生ゆる青草の叢に目を留めると、静かに歩みを止めて、草の上に屈《かが》み込み、かれらの機嫌を伺うように、そっと指で触れ、葉にのった露を払った。

〈即氏よ。ごきげんうるわしゅう。〉

青草が先に挨拶をすると、即氏はかすかな微笑《ほほえ》みを浮かべて、それにこたえた。

〈御機嫌うるわしく、青草よ。〉

即氏は青草のもとを離れ、竹林の道なき道をさらに進んだ。濡れた土は泥となり、歩む氏の腓《こむら》へと、歩を進めるごとに撥《は》ね返った。

幾らか歩むと、沼のほとりへ出た。

岸辺に蘆《あし》が密生して、群をつくっていた。

即氏は声をかけた。

〈蘆よ。汝《なんじ》らの御機嫌はいかがであろうか。〉

蘆の群はさざめいてこたえた。

〈即氏よ。われわれは、ことさらな機嫌も異変もなく、ただ、今は水辺に揺れてさざめくのみです。氏の喜び多からんことをお祈りします。〉

〈感謝します。蘆よ。汝らの健やかなることを私は願う。〉

氏と蘆はかすかに身を揺らし合い、静かに別れた。

水辺に多くの生き物が息づき、うごめいていた。水際、水中、水底……。さまざまな者たちが、それぞれの場所で、互いを見知り、あるいは見知らぬまま、暮らしていた。沢蟹《さわがに》、鴫《しぎ》、水澄《みずす》まし、蝲蛄《ざりがに》、鯊《はぜ》、親睨《おやにら》み、水土竜《みずもぐら》――。かつて誰かがそこへ投げ入れ、水底に長く沈んでいる土笛《つちぶえ》もあった。

郵便はがき

料金受取人払郵便

小石川局承認

1042

差出有効期間
令和４年３月
31日まで

112-8731

〈受取人〉
東京都文京区
音羽二―一二―二一

㈱講談社
文芸第一出版部 行

ご購読ありがとうございます。今後の出版企画の参考にさせていただくため、アンケートにご協力いただければ幸いです。

お名前

ご住所

電話番号

このアンケートのお答えを、小社の広告などに用いさせていただく場合がありますが、よろしいでしょうか？　いずれかに○をおつけください。

【 YES　NO　匿名ならYES 】

＊ご記入いただいた個人情報は、上記の目的以外には使用いたしません。

TY 000072-2003

書名

Q1. この本が刊行されたことをなにで知りましたか。できるだけ具体的にお書きください。

Q2. どこで購入されましたか。

1.書店(具体的に：　　　　　　　　　　　　　　　　　　　　　　　　　　)

2.ネット書店(具体的に：　　　　　　　　　　　　　　　　　　　　　　　)

Q3. 購入された動機を教えてください。

1.好きな著者だった　2.気になるタイトルだった　3.好きな装丁だった

4.気になるテーマだった　5.売れてそうだった・話題になっていた

6.SNSやwebで知って面白そうだった　7.その他(　　　　　　　　　　　　　)

Q4. 好きな作家、好きな作品を教えてください。

Q5. 好きなテレビ、ラジオ番組、サイトを教えてください。

■この本のご感想、著者へのメッセージなどをご自由にお書きください。

ご職業　　性別　　年齢

男・女　　10代・20代・30代・40代・50代・60代・70代・80代～

白と黒の斑《まだら》模様の鳥が一羽、沼べりにたたずんでいた。氏は声をかけた。

〈鳥よ、そこなる白黒の斑鳥よ。御機嫌はいかがであるか。何を思案しておられるのか。〉

鳥は氏にこたえて言った。

〈即氏よ。私は自らの餐《さん》について思案いたしております。この頃は、食べても食べても足りません。我が身と我が子を養うためには、多くのものを食らわずにはおられず、生あるものをこれとらぬわけにはまいりません。いかがしたものであろうかと考えておりますが、我が身を生かさんと励めば、いずれ報いを受くべき道をひた走りに走り続けて、しまいには飛び立つようなものではないかと憂《うれ》えております。誰に愚痴《ぐち》をこぼしてもはじまらぬこととは承知いたしておりながら。……などと申しております先から、さあ次なるものを見つけました。それでは、おそれながら、これにて失礼いたします。〉

鳥は目の色を変え、さっと辞儀《じぎ》すると飛び立った。一瞬にして、沼の水面をくちばしで突き、魚をくわえて去っていった。

〈鳥よ。そなたの憂いは受けとめた。しかし私には答えの出せぬことと知る。幸いあれ。私は願う。此方彼方《こなたかなた》に幸多かれと。〉

即氏はその後ろ姿を見送って、ふたたび歩き出した。

その帰り途《みち》。

〈即氏よ。どうぞ御足元をごらんください。〉

声をかけられ、即氏はみずからの足元を見た。

〈そなたであるか、私に語りかけたのは。〉

即氏の爪先のその先に、一匹の蟾蜍《ひきがえる》が坐り、前足を地についていて、氏を見上げていた。

〈さようでございます、即氏よ。わたくしは、いまはこのようなかたちをとっておりますが、これは仮の姿。仔細《しさい》あって、このように身を変じておりました。どうか、わたくしにおん口びるを触れてはくださいませんか。それが叶《かな》えば、わたくしはもとの姿に戻ることができます。どうぞお情けを。〉

即氏はその言葉を最後まで聴き終えると、蟾蜍の目をじっと見据えた。

〈わけはない。そなたの望みの通りにしよう。〉

氏は蟾蜍の前に膝をつき、疣《いぼ》のあるその頬にゆっくりと口びるをつけた。ひんやりとした濡れた皮膚の感触が、即氏の薄い口びるに、痺《しび》れるように伝わった。

蟾蜍はたちまち、ぶるぶるっと身をふるわせて、

〈ありがとうございます。この御恩は忘れません。即氏の幸いを祈ります。〉

そう述べるなり、挨拶もそこそこに、疣の多い背を向けて、大股で歩き去った。即氏がそのあとを見送ると、蟾蜍は草叢へ入ってゆき、すぐに消えた。

即氏は、宮へ帰り着いた。

氏はいつものように、戸口に立て掛けた葦簀《よしず》を引いて、清浄でつつましやかな宮へ入った。


湿気の多い、日の光のつよくさすことの少ない竹林の宮において、その内を清浄に保つ秘訣《ひけつ》のひとつが、香を焚《た》くことであった。

宮の内で焚かれる、その香をいつも支えているのは、即氏の親指の先ほどの大きさの、錫《すず》でできた兎《うさぎ》の香立てであった。

その香立ての兎は、尻餅をついたような格好で、両後ろ足を前へ伸ばして坐り、両前足を胸の前で合わせて、線香を捧げ持っていた。

白檀《びゃくだん》、伽羅《きゃら》、沈香《じんこう》……。

ときにより、氏はそれぞれの香を焚き変えるのだったが、香立ての兎は、いずれのときも、粛粛《しゅくしゅく》と己の仕事を遂行《すいこう》し、黙ってそれらを捧げ持った。


夜。

即氏は、横臥《おうが》して、目を瞑《つむ》り、戸外をとりまく虫の音に耳を澄ませていた。香立ては沈香を捧げ持っていた。氏も香立ても、互いに口を結んで、それぞれが瞑想《めいそう》に耽《ふけ》っていた。

宵《よい》が深まろうとする頃であった。

大きな白い影が、宮のおもてに濃く立ち籠《こ》めた。煙のような、雲のような、輪郭のはっきりしない影が、やがて戸口を押し破るようにして迫った。

それは竹を編んだ網の戸を敲《たた》くこともせず、黙って宮へ入ってきた。

〈そなたは誰か。〉

横臥して、目を閉じたまま、即氏は訊《たず》ねた。白い影はこたえた。

〈わたしは夜叉《やしゃ》である。おまえは誰か。〉

即氏はこたえた。

〈夜叉よ。私はこのような者だ。見えるか。〉

〈見える。おまえは細長く、つめたく、優しげである。〉

夜叉と名乗った、輪郭を持たぬ仄白《ほのじろ》い大塊が、横たわる即氏に近づき、自らの影を天井近くにまで盛り上げふくらませて、それをふるふるとふるわせるように揺らしながら、次第にかたちをなしていった。

即氏はなおも目を閉じたまま、それに対峙《たいじ》し、相手のうつろう体軀《たいく》と気配を肌で感じ取りながら、ゆっくりとのどをひらいた。

〈聴こえるか。私は即である。〉

〈聴こえる。おまえは即であると。〉

そう言った頃には、夜叉はしっかりとした姿かたちをとりはじめていた。

〈おまえの声は低く、高く、涼やかに響く。静かに、地を打つような、水をころがすような、草をそよがすような声だ。おまえの声を聴けば、それを好く者と、忌《い》む者とがいる。それらはひとつだ。その声を好み、また忌むのである。わたしもおまえの声を好む。そして忌む。その声をもっと聴かせよ。〉

そう続けた夜叉は、銀色がかった真っ白い髪をふさふさと頭から肩へ伸ばして、顔をほとんど覆《おお》い隠していた。その髪の毛の下にある大きな目玉が、毛の隙間からわずかに覗《のぞ》いていた。月明かりが仄かにさす闇のなかで、薄刃がひらめくようにきろきろと光り、ぎょろぎょろと動きまわった。その目で夜叉は、莫蓙《ござ》の上に横たわる即氏を見下ろした。

〈夜叉よ。いかがなされた。このような夜更けに。〉

なおも横臥して、目を閉じたまま、気配を感じて、即氏は問うた。

〈ここはどこか。〉

夜叉はこう問いを返した。

即氏はこたえた。

〈ここは私の棲まう庵だ。〉

〈ならばここは、これは、おまえのものか。〉

〈否《いな》。しかし私はここに、これに棲む、今。〉

〈おまえのものでない庵に、おまえは棲むとな、今。〉

〈然《しか》り。この世に私のものであるものなどあろうか。否。私のものであるものなど、どこにも、ひとつも、ない。この私自身の身でさえも。これすら、私のものであるはずがあろうか。否、否。これは仮のもの、借りの、ひととき授かり、託され、預かりしもの。私はこの身、己自身ですら、自分のものとは言い得ない。私は何ら所有せず、何ものにも所有されない。私は私をも所有せず、私にすら所有されない。私は何にも縛《しば》られず、何からも解き放たれ、何からも遠く、そして近くある。あなたからも、こなたからも。遠ざかっており、近づき、遠ざけも、近寄せもしない。〉

〈屁理屈。正味の話をせよ。〉

〈屁理屈ではない。すなわち正味の話をしている。〉

〈ならばまこと、御説の通り、これは近寄りがたい御方よ。〉

　夜叉は言った。

〈わたしは今宵《こよい》、幾多の森を抜けて、この竹林へ迷い込んだ。断りもせずここへ入り込んだことを詫《わ》びよう。ここはよい香りがする。その香気はわたしを遠ざけようとするものであり、また惹《ひ》きつけるものでもある。御身《おんみ》の姿と声もまた。しかしわたしはわたしであり、御身ではない。御身のものでない御身が棲まうこの庵は、わたしがとどまる場所ではない。御身はあってなく、なくてある。さすればこの庵もまた。御身を食っても腹はふくれぬ。にもかかわらず、食わぬ先から食傷《しょくしょう》した。わたしは去らん。〉

夜叉の言葉を最後まで聴くと、即氏は横臥のかたちを崩さず、頷《うなず》いた。

狭い宮のなかは、ふくらみきった夜叉の大きな身体で、いっぱいになっていた。その陰に隠れて、夜叉の目からは、即氏はすっかり見えなくなった。夜叉には、即氏を簡単に圧《お》し潰《つぶ》してしまうことができそうだった。しかし、即氏はけっして潰れなかった。夜叉は、背を屈めるようにして、自らの白い毛と体軀で覆ってしまった即氏の姿をあたりに探した。やがて、夜叉はその足元に、優雅《ゆうが》に身を横たえる即氏を見つけた。即氏は穏やかに瞑想を続けていた。ほどなくして、夜叉は独り静かに宮を出ていった。

即氏は、瞑想を終えると、うっすらとひらいた目を、しばらく闇にさらしていた。

やがて、目が闇に慣れてゆき、そのうちにうごめくものの姿や動きや気配の名残が、影絵のように、次第にあたりにじんわりと浮かんできはじめた。

氏は、闇の影絵に視線を投げかけているのに飽《あ》いて、枕元の燭台《しょくだい》に火を灯《とも》した。揺れるそのなまなましい火のもとに、小さな羽虫が一匹、舞い降りてきた。それは、氏の枕元に幾冊か重ねられた草紙や書物の上に降り立って、見えないほどほそく小さいその足で、惑《まど》いながら冊子の表の角まで歩いてゆくと、突如、くるくるっと舞うように飛び上がって、ふたたびもといたところへ降り立った。

〈なにか。〉

氏はおどろくとともに、かすかな憐憫《れんびん》をもよおして、その動きを見守ることにした。羽虫は、先ほどとまるで同じに書物の崖《がけ》を角まで進むと、立ち止まって思案するように一呼吸を置いたのち、一瞬で見えなくなった。

〈いずこへゆかれた。〉

即氏は目をまたたかせ、消えた羽虫をあたりに探した。積み上げられた書物の高い崖の上から、もしやその真下へと転落したのではないかと思い、横たえた身を起こし、そのほうへと乗り出して周囲をのぞき込んでもみたが、どこにもその姿はなかった。ゆえに、結局、羽虫はきっと目にもとまらぬ速さでどこかへ飛び立っていったのだ、ということにきめて、即氏はふたたび身を横たえた。

灯火をひとつともして、その油も切れようかという深更《しんこう》、宮に風を通す網戸がほとほとと敲かれた。

涼しい莫蓙の上に横臥していた即氏が目を開き、おもてへ顔をさし向けて、網戸の外に立つ者の影を見遣った。影は細く、傍らに仄かな灯を携えていた。氏は優雅なしぐさで立ち上がり、網戸を開いた。

漆黒《しっこく》の闇を背にして、戸口には自ら照り輝くような美しい女がひとり、小さな火を灯した手燭《てしょく》を持って立っていた。

〈即氏よ。夜分に失礼いたします。わたくしは昼間お目にかかった蟾蜍でございます。憶《おぼ》えておられますでしょうか。〉

女の黒い瞳を見つめ返して、即氏は頷いた。

〈即氏よ。あなたのおかげによりまして、わたくしはこうしてもとの姿に戻ることができました。あらためて何か御礼をいたしたく、不躾《ぶしつけ》ながらまいりました。なかへ入れていただけますでしょうか。〉

即氏はこたえた。

〈構わない。もっとも礼などは無用です。私は謹《つつし》んであなたをここへ招き入れよう。私の灯火は、もうすぐ消えるところです。しかし夜は今しばらく続くでしょう。あなたが灯を携えてこられたことは、願っても無いこと。御用は何であろうとも。どうぞ灯とと

もにお入りなさい。〉

宮に女と火が揺れて入った。細くくびれ、なめらかに張り出した女の腰に巻きつけられ、なだらかな肩へとまわされた薄手の赤い布地が、あやしい炎のようにひらめいた。あらわになった腕や頸《くび》すじとなまめかしい肌の輝きは、それ自体がつややかなともしびともなって、宮の闇をくまなく照らし出すようであった。

女は、即氏に勧《すす》められて、莫蓙の上に腰をおろした。そして、手燭——蟾蜍のランプ——を自らの膝の前に静かに置いた。炎が揺れて、即氏と女のまわりの影を揺らした。

その火を見つめて、女は炎越しに、即氏に述べた。

〈昼間は、まことにありがとうございました。何もできませぬことながら、御礼代わりに、ひとつ歌をうたいます。お聴きいただけますでしょうか。〉

〈お聴かせください。〉

女は即氏に深く頭を下げると、顔を上げて、よい声を揺らして、歌いはじめた。

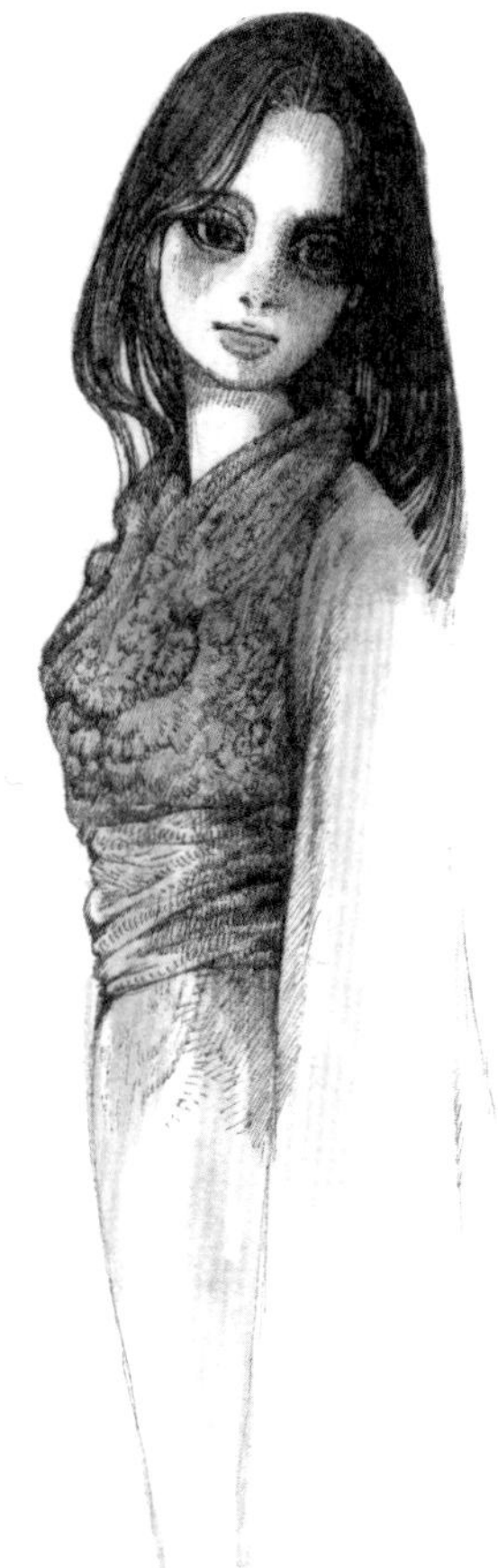

青き窟《いわや》の　美しく　冷えたる　内壁
そこに　棲みたる　未生《みしょう》の老女が
日毎《ひごと》　紺碧《こんぺき》の海原で
長き髪を清め　身繕《みづくろ》いして　乙女にかえる
波濤《はとう》がはげしく岩を打つ
白き飛沫《しぶき》を　天を衝《つ》くほど撥ね上げて
降《ふ》りては流るる岩場に腰掛け
澄んだ響きで波間を駆ける
その甘き　鋭き　艶めく声で
朝夕　乙女は　歌をうたった
それを　いまひとりの老いたる乙女が聴きとめた
潮汐の波　引いては満つる　うるわしき渚《なぎさ》で
　それがこの歌——

即氏は、黙って耳を傾けていた。
女の声がやみ、やがて、もうひとつ——と、歌いはじめた。
今度は違う声であった。

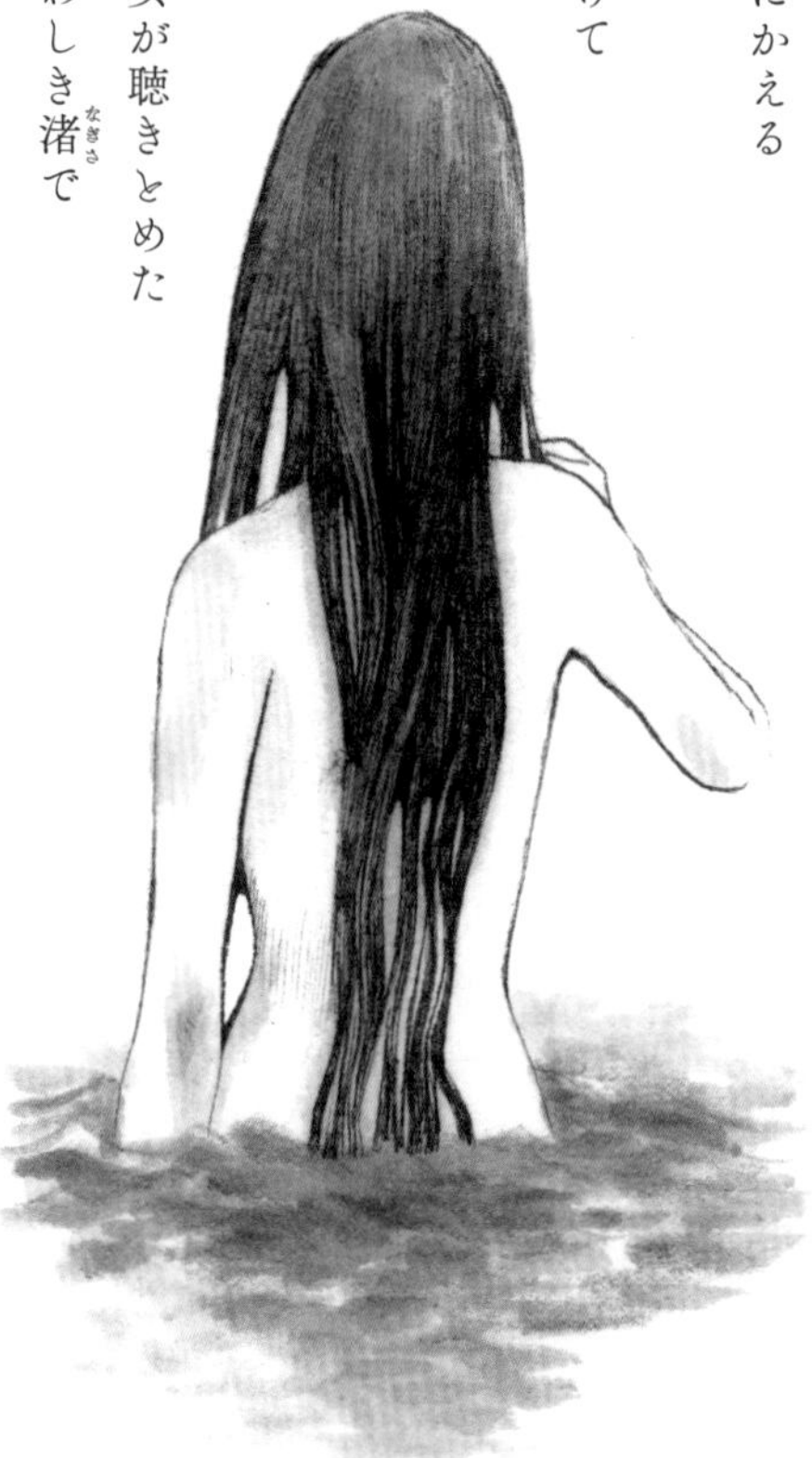

沖の孤島に　鴉《からす》が一羽
陸には戻れず　空にも帰れぬ
遥か沖にて　鴉は啼《な》いた
カオ　カオ　カオ　カオ……
――誰も来ません　来はしません

沖の孤島に　女がひとり
青き窟よりあらわれて
嘆きかなしむ　鴉を諫《いさ》める
カオ　カオ　カオ　カオ……
――あわれなる声　聴かすな　啼くな

沖の岩場で　白い鴉は
くちばし打ちつけ　かなしみこらえる
鴉よ　鴉　それじゃあんまり　つらかろう
カオ　カオ　カオ　カオ……

――それほど啼きたきゃ　啼くがいい

日暮れてまでも　鴉啼き
女は窟で　夢を煮る
思う存分　啼き終えたなら
カオ　カオ　カオ　カオ……
――ここへお入り　夕餉《ゆりげ》にしよう

女が歌を終えた。
即氏は、茣蓙の上に横たわり、肘枕をして、先《せん》から目を閉じていた。

〈最後に、こんな話がございます。
これは、ある海底に坐る水甕《みずがめ》が語ったことです。
わたくしはその者からこの話をききました――。〉
そう言って、女は声を整え、語りはじめた。

ある町の、とある館に、蠟《ろう》でつくられた鰐《わに》がいた。

その鰐の背中には、灯芯が一条《ひとすじ》埋め込まれていた。その芯に火を灯すと、火影《ほかげ》は室《しつ》の壁に大きな蟾蜍の姿を映し出した。

蠟の鰐は、自らの背中の肉を溶かしながら、壁に映る蟾蜍に言った。

「友よ。このともしびが消え入るときまで、わたしの話をきいてくれ。」

そのとき鰐が語った話は伝えられてはいない。

語り終えられた瞬間、それまでその話を唯一きいていたのであろう火影の蟾蜍は、鰐にぱくりと飲み込まれた。

それと同時に、蠟は尽き、鰐と火も消えた。

わずかに煙が流れ、あとには何も残らなかった。

女が語り終えると、蟾蜍のランプの火が消えた。

じゅう……、とかすかな音と煙が立ちのぼり、暗闇が宮を覆った。

目を閉じ、横臥した即氏の枕元を、足音を立てずに去っていこうとする者の気配があった。

〈即氏よ。あなたは、いつ、あなた御自身であるのか。〉

〈いつ、どのときも、私は私自身である。〉

〈未生の老女であったことは？〉

〈ない。しかし、あるいはあったやもしれぬ。〉

〈沖の鴉であったことは？〉

〈ない。しかし、あったやもしれぬ。〉

〈蠟の鰐であったことは？〉

〈ない。しかし、あるいは――〉

〈火影の蟾蜍であったことは？〉

〈ない。あるいは――〉

〈氏よ。火が生じる前にも、姿あらわれるより先にも、生《な》り、成《な》るものは、あるのでしょうか。〉

〈あるいは、あるのではなかろうか。〉

〈火が消えたあとにも、姿失《う》せしのちにも、残る、とどまるものは？〉

〈あるいは、また――〉

〈このように?〉

月明かりのない夜更けの宮の闇で、氏は自身のすぐそばに、影になった蟾蜍の姿があるのを、目を閉じたまま視《み》てとった。

〈即氏よ。わたくしはいずれが真の己か、己の真の姿か、わかりませぬ。どちらが本当で、どちらが仮の姿であるのか――。〉

〈いずれの姿も、いずれのあなたも、あなた御自身なのではありませんか。〉

沈黙の時が流れた。

〈即氏よ。いつかまたお目にかかれますでしょうか。〉

〈いつでも、どのような姿でも。〉

闇が深まり、やがて、次第に薄らいでいった。

朝日がのぼり、その光が、闇を払った。

宮の脇に生える露草が、夜明けとともに花を咲かせ、その葉に朝露をのせていた。

露の玉が、朝の光を受けて、きらりと光った。

そこに、竹林のなかの宮が映っていた。

草の葉をすべって、露の玉は地に落ちて土に沁みた。

すっかり日が高くのぼった頃、氏は宮の内で、目を覚ました。

露草の葉から落ちた露の玉の沁みた土は、その頃にもなお、うるおっていた。

即氏は、寝床から起き出すと、その土を踏んで、宮を出た。

そうしてまた、いつものように、むん、とした土と草のいきれの立ち込める竹林のなかを、独りでそぞろに歩いていった。